SV

Paul Nizon

Hund

Beichte am Mittag

Suhrkamp

Die Arbeit des Autors am vorliegenden Text wurde
durch den Deutschen Literaturfonds e.V. gefördert.

Erste Auflage 1998

Alberto Giacometti. Der Hund. 1951

Druck: Wagner, Nördlingen
Printed in Germany

Hund

Meiner einzigen Schwester

Hund Auslauf zu verschaffen, oder auch nur auf einen Spaziergang in den Park. War nicht die auseinandergerissene Familie durch den Hund oberflächlich zusammengehalten? War sie nicht dank des Hundes als eine zusammengehörige Gruppe wenigstens gemeint? Sie hatten einen Hund, um dem entlaufenen Vater zulaufen zu können.

Die erste Unterkunft nach meinem Auszug aus der Familie, die ich mit meinem neuen Hund teilte, befand sich in einem von Zugvögeln bevölkerten Abbruchhaus. Das Zimmer enthielt nur das Nötigste, Tisch, Stuhl und Bett. Das Fenster ging auf einen Hinterhof, die weitere Aussicht zeigte Handwerkerbuden. Es war eine ungemütliche Zeit mit viel Arbeit und viel Musik vom Plattenspieler. Ich war so allein, daß mir der Magen knurrte vor Alleinsein, ich konnte nicht genug davon haben, noch mehr hungern, und dann war ich glücklich.

Der Wohnungsinhaber, eine Zufallsbekanntschaft, hatte viel Platz und nichts gegen den Hund. Tagsüber war er weg, spät nachts kehrte er grölend ein in Gesellschaft von Zechgenossen, dann ging es hoch her. Ich verschloß die Zimmertür, oder ich verließ das Haus. Der Hund ging nicht auf seine Freundlichkeiten ein, er zeigte ein verbissenes Grinsen, wenn der Mann sich ihm näherte. Man kann nie wissen, wieviel ein Hund von Menschencharakteren versteht. Er verteilt seine Sympathien und Abneigungen instinktsicher. Unser Wirt übte einen Scheinberuf aus in einer Heftchenredaktion, wo er die Zeit absaß, bis er wieder bereit war für die nächtlichen alkoholischen Exzesse. Er hatte unruhige Augen und flocht unnötige Floskeln in seine wirren Reden. Der Beruf war Fassade, die korrekte Kleidung war Fassade, hauptsächlich für die Mutter, deren Geld er verjubelte und die er wie den Teufel fürchtete. Er zitterte. Beim Rasieren schnitt er sich, er lief mit blutverkrusteten Striemen zur Arbeit, immer in höchster Eile. Er rasierte sich in der Küche, einer Müllhalde von verrosteten Konserven und schmutzstarrenden Töpfen. Ein Sohn aus bestem Hause, gebildet, ein entlaufener Student. Nach Kneipenschluß

er liebte, laut Zeitung, die Natur und das Gehen. Und nebenher spekulierte er, lange vorsichtig und gewinnbringend, bis er eine Pechsträhne hatte und diese durch allzu große Kühnheit auszugleichen suchte und auf einmal vor dem Bankrott stand. Wie hätte er sich nur erklären können? Es war unausdenkbar. Unausdenkbar, den Menschen, die er über alles liebte, den Skandal zuzumuten und den Boden wegzuziehen unter den Füßen. Der Mann wurde ein vorbildlicher Häftling. Wie er schon vor dem Richter alles ohne Einschränkung zugegeben hat. Nur daß er nie richtig verstehen konnte, daß er es war, den die Anklage im Munde führte. War er das? Er war dem Verteidiger keine Hilfe.

Ich lese, wie gesagt, derlei Berichte ebenso fasziniert wie gelangweilt. Die Phantasie lodert auf beim Lesen, und die Angst sperrt das Maul und die Ohren auf. Und der Bericht stopft die Löcher zu und wischt die Angst beiseite und reiht eines ans andere nach bewährtem Muster, so daß alles wie auf einem anderen Archipel angesiedelt erscheint und einen überhaupt nichts angeht. Das Furchtbarste verwandelt sich in ein Schauermärchen, und der Leser denkt: Ein jeder kann im Gehäuse eines vermeintlich soliden Ichs einschlafen und als ein anderer aufwachen. Aber bestimmt nicht als Mörder. Denkt der Leser und geht zum Sportteil über.

Muß mich aufmachen. Wenn es nicht regnet, gehe ich in den Park. Ich setze mich auf eine Bank und sehe den Leuten nach. Es gibt die merkwürdigsten Leute, am liebsten habe ich die Kinder. Von den Jugoslawen halte ich mich fern. Sie wirken unbezähmbar und gewalttätig, junge Kerle mit Bierbüchsen in der Hand, ich denke, beim geringsten Anlaß könnten sie dreinschlagen. Schläger, denke ich. Auch ihr Lachen ist finster. So jung und stark und die ganze wilde Kraft für nichts. Das Nichtstun macht sie krank. Sie wirken wie im Lager, ausbruchsgierig. Wenn sie verschwinden, lassen sie haufenweise Blechbüchsen zurück. Da sind diese Jugoslawen, zusammengerottet, schmieden Ausbruchspläne oder diskutieren vergangene Fehden, unverheiltes Unrecht, Dorfangelegenheiten, immer das-

keine Zuflucht, keine Obhut, nur Gehetze, ein Wunder, daß ich in der Schule mithalten konnte, wo ich zu Hause allen nur im Weg stand. Verständlich, daß ich den Heimweg von der Schule verzögerte und auf Nebenwege geriet, wo ich ein anderes Leben lebte, wenigstens in Gedanken, von dem niemand wissen konnte, allenfalls der Hund, der vom Hotelleben immer fauler und dicker wurde. Der Hund hatte auch kein richtiges Hundeleben, vor allem hatte er zu wenig Auslauf, es sei denn auf den abendlichen Spaziergängen mit mir oder auf den Wanderungen am Wochenende. Oder wenn eines der Dienstmädchen ihn mitnahm, zum Beispiel auf den Markt.

Es war die unansehnlichste der Mägde, die ihn ausführte. Sie war etwas zurückgeblieben, wie man sagt, einfältig. Eine Arbeitskraft ohne Privatleben, immer am Spültrog oder auf den Knien, den Boden säubernd und scheuernd. Sie schlief in einer kargen Kammer unterm Dach mit nicht viel mehr an Möblierung als einem Schragen und einem Schrank, vielleicht stand noch ein alter Koffer herum. Sie war es, die sich zwischendurch um den Hund kümmerte. Sie redete ihm mit schwerem Zungenschlag gut zu.

Ich lebe seit langem nicht mehr in Haus- oder Arbeitsgemeinschaften, und ich betrachte die Behausten und Beschäftigten aus meinem speziellen Augenwinkel. Ich möchte nicht mit ihnen tauschen. Ich sehe sie immer in Eile, in der Mittagspause unterwegs zu den Schnellimbißläden, wo sie Schlange stehen; und am Abend unterwegs zur nächsten Bar, wo sie rasch einen Pernod kippen und ein bißchen quasseln, bevor es zurück heißt an den häuslichen Herd und vor den Fernseher, danach ins Bett. Daheim werden sie von der Erschöpfung ereilt und am Morgen von Bus und Metro verschlungen, die sie in den Rachen ihrer Arbeitsstätten befördern, wo sie sich abrackern und von Freizeit träumen oder schon jetzt vom Ruhestand. Sie werden wie von Stricken nach vorne gezogen, von Termin zu Termin. Doch was ist mit der Gegenwart? Am liebsten sehe ich mir, wenn schon, das Hand-

eingesperrt, Verbrecher!, unwiderruflich. Er wußte, er konnte sie nicht akzeptieren. Er hatte noch keine Geschichte. Diese Geschichte wollte er nicht. Keine Geschichte.

Ich habe keine Geschichte. Der Hund hat auch keine, und hätte er eine, er könnte sie nicht denken. Er ist ganz Aufmerksamkeit. Er wittert. Er ist in meinen Gedanken. Er ist in mir. Jede Geschichte ist ein Polizist, der dich verhaftet und einsperrt – strafgefangen, las ich einmal. Habe ich darum das Studium abgebrochen und später so oft die Stellen gewechselt, um nicht verhaftet zu werden? Ich habe alle möglichen Berufstätigkeiten ausgeübt, ich war Inseratenakquisiteur und sogar in der Verwaltung tätig, Unternehmensberater, Dokumentarist, Ghostwriter, Journalist. Hatte ich eine Stellung, dann spielte ich sie mehr, als daß ich sie wirklich eingenommen hätte. Ich konnte sie nie wirklich ausfüllen, mir schien, als ginge ich in fremden Kleidern und mit gefälschten Papieren einher. Die Angst vor Entlarvung beunruhigte mich, sie nagte an mir, so daß ich mir wie ein Schwindler vorkam, obwohl ich wie jedermann meine Arbeit leistete, so gut es eben ging. Schwindler? Schlimmer: Als ob ich nicht nur keine Arbeitsberechtigung, Legitimität, sondern keine Daseinsberechtigung hätte. Und bald kündigte ich wieder. Nur weg und auf die Straße und untertauchen. Nur auf der Straße war mir wohl, unterwegs und knietief im Alltag der andern. Auf dem Trottoir, auf den schwatzhaften und von so viel Geschehen buntgescheckten Trottoiren. Das Entzücken des Hundes auf den Bürgersteigen mit der aus so viel Widerschein, Absonderungen, Gerüchen, Lauten gesättigten Dämmerung. Und die unausgesetzte Aufforderung zum Stehenbleiben und Schnüffeln. Zur Ablenkung. Ich ging an dem Schneideratelier des alten Polen, den zusammengeklumpten, immer schreienden Schulkindern, den mühsam sich hinschleppenden Alten unterwegs zum Einkaufen oder auf ein Amt, den Bäckereien, dampfenden Wäschereien, Bistros und den so geheimnisvollen Hauseingängen, den schweigsamen Mauern und Fassaden gewissermaßen auf Zehenspitzen vorbei und

befreundeten wir uns – bis in die Morgenstunden umging, man hätte ihn für einen Terroristen halten können. Er hatte eine Labradorhündin. Die Liebesspiele, die die Hunde veranstalteten! Das Kosen mit offenen Mäulern, das zärtliche Beißen mit ineinandergeschobenen, leicht verkeilten Gebissen. Wie sie sich erhitzten, wie der Speichel floß, wie sie übereinanderrollten; und die an Umarmungen gemahnenden Zärtlichkeiten, wenn sie sich auf die Hinterbeine stellten und ein Ringen spielten, bis sie voneinander abließen, um von neuem loszurennen, sich stoßend und reibend im Rennen. Bis sie erschöpft einander gegenüberlagen, mit hängenden Zungen und fliegenden Flanken, heftig hechelnd. Als sie nach all den Vorspielen endlich zum Akt schritten und der Rüde sie bestieg, kamen sie hinterher nicht mehr auseinander, sie blieben ineinander verhakt, es half kein Wasserguß, es mußte ein Tierarzt her mit der Spritze.
Mein Hund schien leidenschaftlich nur von der einen erfüllt, andere Weibchen interessierten ihn

nicht, auch später nicht, als die Labradorhündin aus seinem Gesichtsfeld verschwand, man hätte ihn für einen misogynen Charakter halten können.

Spürhund? Was gibt es aufzuspüren? Gibt es eine Spur, die verlohnte? dachte ich immer, wenn ich mich für meine Nichtsnutzigkeit schämte. Solche Gedanken liegen mir heute fern. Haben denn die andern wirklich ein Ziel? Ich war auch bloß eine Art Spürhund, der die Räume durchmißt und vielleicht etwas zum Schaukeln und selten zum Wogen brachte. Man kann nicht wissen, wem oder was man auf der Spur ist. Ich wußte nie, was mein Schnüffeln und Herumrennen sollte. Was ich apportierte. Ich brachte bestenfalls eine Art Botschaft von Mensch zu Mensch. Wer hielt mich an der Leine, wer ließ mich laufen, wer pfiff mich heran oder zurück? Zu was sollte ich nütze sein? dachte ich früher, mit Schamgefühl. Ich stritt weiß Gott nie für eine bessere Sache. Ich ließ Fußspuren zurück oder stapfte sie in den Wind. Ich war jedermanns Doppelgänger. Manche konnten sich in mir wiedererkennen, manchen entlockte der Hund ein nachsichtiges Lächeln.

Der Hund ist nichts und niemandem verpflichtet, er ist seinen Nächsten zugetan, er tut, als führe er ihre Befehle aus, er tut es aus Höflichkeit, Nachsicht. Er träumt von einem verlorenen oder in ihm rumorenden anderen, einem freizügigen Leben, das, weiß ich es?, mit Karawanen zu tun haben mag, mit Jagd, Mutproben, Ängsten. Der Hund. Der Falke. Der Fisch. Der Walfisch. Die Taube. Der Baum. Und der Baum. Und der Stein.

Der Hund, der eines Tages, schon verloren geglaubt, von einer Streunerei zurückkehrt, mit erschöpften Lungen und hervortretenden Rippen, wo mag er die ganze Zeit nur gewesen sein? Was war seine Jagd? Er war weg. Er war in einer Leidenschaft. Er war frei. Wild hinter einem Wild her. Woran hat er gerochen? Was war sein Erlebnis? Was ging in ihn ein? Dummer Kerl. In seiner Leidenschaft hat er's gehabt. Er kann davon träumen.

Der Mann, der dank unserer Hunde zu meinem

Freund wurde, lebte ein verheimlichtes Leben und war ein heimlicher Maler. Unmöglich, ihn beim Malakt zu überraschen. Ich traf ihn bei Vorbereitungen, beim Leinwandaufspannen, Farbenanreiben. Oder draußen im Park beim Betrachten der gelben Tomaten. Es gab bei ihm lange Perioden des Zuwartens und dann, über Nacht, eine maßlose Produktion, sie war der Ausbruch eines Gewitters. Das Wort Freund reicht nicht aus, um den Grad meiner Nähe zu ihm auszudrücken. Wäre es nicht anmaßend, ich würde das Verhältnis eine Waffenbrüderschaft nennen. Er würde eher dem Wahnsinn vertrauen als der sogenannten praktischen Vernunft, dachte ich immer. So fern von Biedersinn. Der kühnste Mensch. Er ließ sich nicht abbringen von seiner Fährte, seinem Wahn. Und ich bin immer weggelaufen. Ich bin immer Frauen nachgelaufen, mitten aus Geselligkeiten, Verhandlungen, Einkaufszentren, Gerichtssälen, Kinos und selbst aus haltenden Zügen weg und hinter einer Unbekannten hergelaufen, wenn sie nur die Aura der Verlockung umgab. Die

Verlockung konnte von etwas Geringem überspringen, von einem besonderen Wiegen ihres Gangs, von einem beim Schwenken der Haarpracht freigegebenen Viertelprofil, das jene Augenpartie und diese Lippen aufleuchten ließ, und schon war die Depesche angekommen, und das neugierige Erraten begann. Es war mehr als Erraten, es war die Auferstehung des Weibes aus der Tiefe des Wünschens, die erste Frau mit allen Liebesversprechen. Lauf! Ich habe jede Witterung aufgenommen, wenn sie den Duft der Verführung enthielt. Und manchmal ergab es sich, daß die Verführung am selben Tisch wie ich saß, zum Beispiel neben einem guten Bekannten, der über sein ganzes bärtiges Gesicht wie ein satter Kater grinste. Das Grinsen galt dem exotischen Vögelchen an seiner Seite, einer Halbchinesin. Es ging laut zu in der überfüllten Bar, im von Rauchschwaden verschleierten Halbdunkel, und die Asiatin musterte mich neugierig, ich spürte gleich: interessiert. Ich plauderte mit meinem Bekannten, wobei ich kleine, sie betreffende Anzüglichkeiten in die

Unterhaltung einstreute, was sie aufleuchten, manchmal auflachen und schön werden ließ. Ich flüsterte ihr zu, ob man sich später zu zweit treffen könne. Die Zustimmung kam nicht nur von ihren Lippen, sie breitete sich reizend in ihrer Miene aus. Ich steckte mein Rendezvous ein und empfahl mich. Stunden später traf sie, wenn auch mit Verspätung, am vorgeschlagenen Ort ein. Sie hatte sich aus allerlei Verpflichtungen herauslösen müssen, doch jetzt war sie da, die Nacht war lang, die Würfel waren gefallen, wir starrten uns an. Wir fuhren erst zu einem Privatklub und kurz darauf, der Klub war gerammelt voll und kein Aufenthalt für unsere stillschweigenden Absichten, direkt in meine Bude. Wir warfen uns auf meine spartanische Liege, wir rissen uns die Kleider vom Leibe, heißhungrig machten wir uns über das Fleisch her. Wir stillten den ärgsten Hunger, und dann begannen wir uns richtig zu lieben, und ich staunte, wenn ihrer Kehle sich ein allerliebster Vogellaut entrang, halb Erstaunen, halb Schreck, ganz Lust. Wir kannten uns nicht, wir legten unsere Glieder zu-

Zeug zu einem scharfen Hund haben könnte, hat mir der Leiter eines Hundeheims zu verstehen gegeben, in das ich ihn in seltenen Fällen in Pension gab. Das Hundeheim wurde von einem Brocken von Mann geleitet, der sich auch einen Schimpansen und eine Löwin hielt. Der Schimpanse aß am Familientisch mit, die Löwin lebte in einem Gehege, die vielen Hundegäste waren in Boxen untergebracht. Ein- oder zweimal täglich wurden alle zusammen ins Freie gelassen, da konnten sie sich tummeln, ein Völkergemisch, Schoßhündchen neben Jagd- und Hirtenhunden bis hin zum Bernhardiner, eine mehr als nur bunte Population, darunter Angeber, Delinquenten, vernünftige, furchtsame und verzogene Tiere. Und in ihrer Mitte thronte als leibhaftiger Hundegott der Heimleiter, er ließ sein Auge auf der versammelten Kreatur ruhen und garantierte Frieden einzig kraft seiner göttlichen Anwesenheit und Autorität. Zum Abholen erschien ich gerne zur Stunde des gemeinsamen Auslaufs und sah mir das Treiben durch ein Fenster der Heimleiterwohnung an. Mein Hund nahm keinen erkennbaren Rang in der Meute ein, er schien auch nicht sonderlich gesellig, er war etwa mit dem Scharren eines Erdlochs beschäftigt, auf Mäusejagd. Der Heimleiter und aller Hunde Meister hat später Selbstmord begangen. Unheilbar erkrankt, habe er erst die Löwin, danach den Schimpansen, zuletzt sich selber erschossen. Er wollte seine Freunde keinem ungewissen Schicksal überlassen, er hat sie in irgendwelche ewigen Jagdgründe mitgenommen. Der Schimpanse hat ihn ja schon zu Lebzeiten überallhin, auch im Wagen, begleitet, und er soll den Heimleiter immer zum Beschleunigen und Überholen aufgefordert haben. Beim Überholen habe der Affe triumphierend die Fäuste geschwungen und die Zähne gefletscht. Er hatte in seiner Jugend in einer Eisrevue mitgewirkt.

Der Hund hatte an mir keinen richtigen Halt, wie sollte er auch. Ich war nicht nur haltlos, ich war obdachlos. Auch wenn ich eine Wohnung hatte, war ich es. Meine Wohnungen blieben unwohnlich, seelenlose Behälter. Und ich umgetrieben, unberechenbar, unstet. Mal über-

leer – was soll der Gedanke? Der Hund hat sich eingerollt und gibt manchmal ein schlaftrunkenes Schnaufen von sich. Wir tanzen engumschlungen immer langsamer, wir hängen wie Betrunkene aneinander, manchmal torkeln wir. Bis wir, um nicht hinzufallen, aufs Bett sinken. Einmal höre ich sie *nein, bitte nicht* hauchen. Und dann geht ein Aufbäumen durch ihren Leib wie bei einem springenden Fisch und das Gesicht wie eine verzerrte Maske in Anbetung von etwas. Und später das Erwachen und Staunen darüber, daß die Fremden sich da in einem wenigstens für den Mann wildfremden Bett wie ein Paar, wenn nicht Ehepaar vorfinden. Staunen und Befremden. Sie liegen wie Überlebende an einem unbekannten Gestade. Nur der Hund scheint sich auszukennen und wohl zu fühlen.

Die folgenden Tage und Wochen kämpfte ich allabendlich mit dem Entschluß, nicht zu Nr. 23 zu laufen, ich kämpfte um meine Unabhängigkeit, doch letzten Endes gab ich immer nach, ich gab dem Verlangen des Hundes nach, der, ohne zu zögern, dahin laufen wollte – unverschämter Anbandler, Gewohnheitsknecht, Profiteur! schnauzte ich ihn an, während ich ihm folgte. Für ihn mochte es dort angenehmer sein, in meinem Gästezimmer war ja kein Bleiben, nur Leere.

Wir sitzen da oben, wir liegen da oben zu dritt herum, wir schlüpfen ins Bett und ineinander. Manchmal bekam ich Angstzustände beim Gedanken, was wohl in der jungen Frau vorgehen mochte, mit der mich kaum Neugierde, nicht einmal Leidenschaft verband und die keine Fragen, keine Forderungen stellte und uns stillschweigend Obdach und dem Hund überdies zu fressen gab. Nur keine Geschichte, es darf um alles in der Welt keine Geschichte daraus werden, dachte ich, während ich mich schlechten Gewissens der Macht der Gewohnheit fügte. Weglaufen, nur weglaufen. Tagsüber, wenn ich an das im Gästehaus eingegangene unbesprochene Verhältnis dachte und alsogleich in Panik geriet, was heißt in Panik geriet? – in kalten Schweiß ausbrach!, und mir eine mögliche Fort-

geradewegs in den Leib fuhr, mich zur Leidenschaft entflammte.
Als ich noch eine Anstellung hatte, schwärmte ich für Koffer. Koffer, Lederwaren, Reisegepäck – ich konnte mich nicht satt sehen an den Auslagen mit derlei Artikeln. Koffer sind das Unterpfand der Ferne, des Abenteuers, Anzahlungen an eine geheimnisvolle Zukunft, wer weiß, ans Glück. Und außerdem sind sie weiblicher Art. Nur die Armen haben diese schrecklichen Billigwaren aus pappkartonähnlichem Material, die vom Zugewürgtwerden gleich aus dem Leim gehen, darum sind sie mit Stricken verschnürt. Die Armen haben keine Kostbarkeiten und Intimitäten, die zu verhüllen und unter Verschluß zu halten sich verlohnte und für welche nur das weichste Kalbsleder in Frage kommt. Sie haben andere Probleme. Die Koffer der Armen sind Auswanderer- oder Deportiertengepäck und atmen Bedürftigkeit, manchmal verzweifelten Überlebensmut. Oder sie atmen die Trauer der Verstoßung. Eine Zeitlang trug ich einen Rucksack, nachdem ich mich von meinem letzten

Koffer getrennt hatte. Jetzt komme ich ohne Gepäck aus.
In meinem Viertel gibt es eine Obdachlose, die ihr ganzes Hab und Gut mit sich schleppt, alle Stücke zur Schonung in graue Abfallsäcke gestopft. Ich sehe sie mittags auf der Bank der Bushaltestelle Palais Royal-Comédie Française sitzen und ihre grauen Lieblinge überwachen, es sieht aus, als hüte sie eine Gänseschar. Manchmal steht sie an der Seite der Comédie Française unter den Arkaden inmitten ihrer versammelten Habseligkeit. Sie schaut mißtrauisch um sich, es blitzt aber auch etwas wie Besitzerstolz aus ihrem Blick. Sie trägt ihren Hausrat bei sich, hätte sie eine Unterkunft oder auch nur ein Zelt, sie könnte gleich in ihren eigenen Sachen wohnen. Sie ist noch nicht ganz heruntergekommen dank ihrer Habe, die sie, ich bin sicher, in Ordnung hält. Was sie nicht alles zu schleppen hat. Wie sie sich damit abrackert. Ich sehe sie vor sich hin murmeln und scharfe Seitenblicke in die Runde werfen. Männer schmeißen früher oder später alles weg, ihnen genügt die Flasche mit

mera lief, mit Hilfe von Übersetzern wurde ihm seine Geschichte entrissen, Catrowitsch war auf einmal eine bemerkenswerte Persönlichkeit, die es in seine Heimat zurückzuführen galt, wenn möglich mit Pauken und Trompeten. Catrowitsch, der sich jetzt wieder Paul Catrain nennen darf, kommt in seinem kleinen Heimatdorf in der Aisne-Gegend an, wo ihn verständlicherweise niemand wiedererkennt, er ist ja mit neunzehn in den Krieg gezogen. Die wenigen übriggebliebenen Familienangehörigen interessieren sich nicht groß für den verlorenen Sohn, der für sie ein Phantom ist: ein gebückter abgearbeiteter alter Mann, mit dem nicht Staat zu machen ist und der die französische Sprache verlernt hat. Von einer Wiedervereinigung mit der Familie kann nicht die Rede sein, einzig eine Nichte, die ein goldenes Herz hat, Marie-Jeanne, nimmt sich seiner an. Zwar wird Paul Catrain von dem Bürgermeister mit der französischen Trikolore um den Bauch eine Kriegsmedaille an die Brust geheftet, man kann sagen, er ist rehabilitiert. Sogar eine Rente von 1500 Francs monatlich wird ihm zugesprochen, ein Trinkgeld in Frankreich, in Rußland jedoch eine Menge Geld, wie sich bei der Heimkehr in die Ukraine zeigt, denn dort wurde Catrowitsch ungeduldig zurückerwartet, er ist ja jetzt solvent, weswegen ihn der Stiefsohn Mischa auch unter Vormundschaft stellen läßt, er möchte sich den neuen Reichtum und weitere Anwartschaften sichern – Mischa ist arbeitslos. Catrowitsch alias Catrain ist das Finanzielle egal, er ist alt und ohne besondere Zukunftserwartung, doch fühlt er sich von nun an deplaziert, er weiß nicht, wo er hingehört. Er ist verstört, er gibt den Fernsehjournalisten zu verstehen, daß er doch lieber nach Frankreich zurückmöchte. In die Heimat? Es wird eine zweite Reise organisiert, jetzt allerdings in Begleitung Mischas, der der Sache nicht traut..Catrain kommt von neuem in seinem Geburtsort an. Er wird sogar nach Paris gefahren, wo er Napoleons Grab im Invalidendom zu besuchen wünscht. In Bois-lès-Pargny läßt der Bürgermeister Catrains Namen auf dem Sockel des Denkmals für die im Krieg gefallenen Einheimischen wegspitzen. Paul Ca-

ein Wunder erschienen sein, als sie sich bei der Zwangsansiedlung in der Ukraine wiederbegegneten. Da gab es kein Zögern, sie taten sich zusammen, sie waren Überlebende, sie hatten nur sich, und jetzt brauchten sie ein Obdach, sie bauten die Hütte, sie arbeiteten auf dem Felde, sie waren Mann und Weib. Waren sie ein Leib und eine Seele? Sie stellten sich keine Fragen, sie gehörten zusammen.
Ich habe mir zuerst auch keine Frage gestellt, als ich in Paris von meinem Weg abkam. Ich hatte keine Zeit dazu, ich war überwältigt.
Ich war Geschäfte halber angereist, und zu Hause erwarteten mich nicht nur meine Firma, sondern auch eine Frau. Und der Hund. Lebte ich in glücklichen Verhältnissen? Ich war in guten Händen. Ich war seßhaft.
Warum ich nach Paris reiste? Wohl um Verhandlungen zu führen wie in Hannelores Grenzstadt. Ich weiß nicht mehr, um welche Geschäfte es ging, in meinem heutigen Zustand ist es auch unerheblich, mir darüber Gedanken zu machen, ich bin wie Catrain von Catrowitsch von meiner

früheren Person definitiv abgeschnitten. Ich weiß nur noch, daß die Straße mir gleich nach meiner Ankunft zwei Botschaften zusteckte, die mir die Tränen in die Augen trieben.
Auf dem Trottoir lief ein kleiner Junge mit einem Geigenkasten vor mir her, ein ernsthaftes Kind in einem altmodischen Anzug, vielleicht war der Anzug auch nur etwas zu schön für ein Schulkind und der Ausdruck von einer unkindlichen Versonnenheit. Und beides machte, daß er mir wie in den Samt einer abgrundtiefen Einsamkeit und Traurigkeit nicht nur gekleidet, sondern eingeschlagen, eingehüllt vorkam. Und mit dem Anblick des Kindes, das wohl unterwegs zum Geigenunterricht war, stieg ein Bild aus meiner Kindheit empor, das ich vergessen, wohl versenkt hatte. Das Bild gehört zum Hotel meiner Familie, in welchem die wechselnden, allen Platz einnehmenden Gäste uns an die Wand lebten. Wir Kinder hatten keinen Platz, darum schlichen meine Schwester und ich uns bei Abwesenheit der Gäste gerne in deren Räume, vor allem bei Neuankömmlingen gingen wir hin, um

mer längeren Abständen. Ich war weder krank noch in Not. Geld hatte ich genügend zum Überleben auf längere Zeit. Daß ich mich mehr und mehr von allem zu entfernen begann, erkannte ich daran, daß sich mein Blick auf die Menschen veränderte. Ich sah sie wie durch ein umgekehrtes Fernrohr. Ich sah eine Tafelrunde an einem benachbarten Tisch in einem Restaurant, wo ich in Begleitung einer Bekannten speiste. Die Tafelrunde bestand aus Männern, die meisten mittleren Alters, sie zogen den Blick auf sich, weil sie sich in einer für mein Ohr nicht identifizierbaren Sprache unterhielten. Ich tippte auf Libanesen, es hätten auch Israeli sein können; kräftige wohlgenährte Männer, darunter zwei mit schwarzem Vollbart. Sie brachen, kaum hatten sie einen halben Satz von sich gegeben, in das gewaltigste, ein homerisches Gelächter aus, wobei sie sich gegenseitig auf die Schultern klopften oder die Hände zur Bekräftigung, Handfläche an Handfläche, gegeneinander klatschten. Ich sah diesen vor Behagen brüllenden beleibten Männern zu, und während ich hinsah, verstummten ihre Stimmen, erstarrte ihre Gestikulation, sie rückten fern und verwandelten sich in ein braunstichiges Bild, ein niederländisches Gruppenbild, das ein Zechgelage verewigte, das vor Jahrhunderten stattgefunden hatte. Warum sah ich diese lebensprallen Gestalten als Verewigte oder Jenseitige, was hatte sich dazwischengeschoben, was war mit meinem Blick los? Was ließ das Leben an mir abprallen?

Es war zu jener Zeit, daß mir in einem Hotel träumte, ich hielte in meinem Wagen an einer Zollstation an. Ich vertrat mir die Füße und stieß dabei auf eine riesige offene Kiste, die mit Drähten überspannt war. Auf den Drähten saßen kleine Wesen, ich hielt sie erst für Äffchen, es waren aber Menschen, Mann und Frau, sie erhoben sich und begannen mit Fäusten aufeinander einzuschlagen, es war kein Spiel, es war verzweifelter blutiger Ernst, sie schlugen sich, bis sie hinfielen. Doch gleich danach erhoben sie sich wieder, ich sah, sie waren an die Drähte gefesselt und dazu verurteilt, immer von neuem ihren Haß auszuleben, sie erhoben sich, schlu-

Opernmusik in vollster Lautstärke. Auch sprach er gerne von sich in den höchsten Tönen; und er hielt auf sein Äußeres. Seine Frau war imponierend, hochgewachsen und geheimnisvoll schön, die beiden bildeten ein auffallendes Paar. Von Glückauf erfuhr ich damals auch von Solschenizyns Abreise. Er habe es sich nicht nehmen lassen, sagte mir der Schneider im Treppenhaus, den großen Mann in eigener Person auf dem Bahnhof zu verabschieden, und wie die Menge in Hochrufe ausbrach, habe der Russe am Zugfenster *ihm*, Glückauf, zugewinkt. »Ich werde es nie vergessen«, sagte Glückauf, »wie sein strenges Gesicht mit dem Gottesstreiterbart sich zu einem Lächeln milderte.« Auch der Friseur, ein weiterer Hausgenosse, redete von Solschenizyn. Der Russe war eine harte Nuß für die gläubigen Kommunisten und ein lebendes Beweisstück für die Kommunistenfresser. Der Friseur, ein Sarde, las ihn gerade. Er las, musizierte, früher habe er Klarinette gespielt, jetzt Klavier. Die Klarinette habe er wegen eines eitrigen Zahns mit nachfolgenden Komplikationen aufgeben müssen. Hinter das Klavier habe er sich im Hinblick auf den baldigen Ruhestand gesetzt. Er gedenke nach Sardinien zurückzukehren, wenn er erst das jüngste der Kinder großgezogen habe, die zwei älteren seien beide auf der Universität. Er reise jedes Jahr in die alte Heimat, er habe genug vom Exil. Ich erfuhr, daß er nach dem frühen Tod des Vaters mit elf Jahren den elterlichen Friseursalon übernommen habe. Mit elf sei er Padrone gewesen und habe Mutter und Tante und sechs Geschwister ernährt. Der Vater sei bei einem Jagdunfall ums Leben gekommen. Er selber ging gerne auf Jagd, er fragte mich, zu was für einem Hund ich ihm rate. Ich schlug einen Jagdterrier vor, den man, wie ich gehört hatte, auf die Wildsauen ansetzt. Einen solchen hatte er sich denn auch angeschafft. Er trat einem Hundeklub bei, und bei späterer Gelegenheit erzählte er mir von den Hundeprüfungen. Zur Jagdausbildung gehörte auch ein Fuchs, der in einem Gehege zu dem einzigen Zweck gehalten wurde, den angehenden Jagdhunden als Bißobjekt zu dienen. Erst wenn der Biß richtig angesetzt war, werde der Fuchs bis zum nächsten Angriff befreit. Jagd, Klavier und Lektüre. Französisch und Englisch habe er sich beim Überwachen der Schulaufgaben seiner Kinder selber beigebracht. Ich lag unter seiner Schere zurückgelehnt im Kippstuhl, und er tänzelte redend und scherenklappernd um mich herum. Er war ein wendiger, leicht devoter, im Reden sowohl salbungsvoller wie gewitzter, aber auch tapferer kleiner Mann. Ich bin wegen Solschenizyn auf ihn gekommen. Neulich kam mir der Gedanke, der Schriftsteller könnte es auf mich abgesehen haben. Ist er hinter mir her? Könnte es sein, daß er mich studiert? Daß er mich in einen Text eingebracht und insofern bereits an die Leine genommen hätte? Nur das nicht. Geschichten sind Anschläge auf das Leben. Ich eine Figur, wenn nicht Kreatur des Kerls mit der unterm Hut hervorquellenden Mähne, des Angebers? Ich hatte einmal von der Angst afrikanischer Naturkinder vor dem Photographiertwerden gelesen. Sie hatten nichts von der Möglichkeit eigener Ablichtung gewußt, und als sie sich

auf dem Schwarzweißbild sahen, traf sie der Schlag, obwohl sie sich darauf nicht wirklich wiedererkannten, sie hatten ja kein unbewegliches Bild von sich selber, doch den Schuß aus dem schwarzen Kasten empfanden sie als Lebensgefahr und den Mann hinter dem Kasten als Seelenfänger, als Mörder.
Ich zucke auch immer zusammen, wenn ich ins Blickfeld photographierender Touristen hineingerate, als tappe ich in eine Falle, als wäre die Szene gestellt, als hätten sie es auf mich abgesehen, auf mein Erkennungsbild.
Ich las in der Zeitung: Von Drancy, dem französischen Lager in der Vorstadt von Paris, dem Vorzimmer von Auschwitz. Die Vichy-Polizei hat die Juden auf der Straße aufgegriffen, Männer und Frauen und Kinder. Aufgegriffen und in Busse gepfercht und in Gefangenenarealen einquartiert. Sie hatten nur, was sie auf dem Leibe trugen, und natürlich den gelben Stern, den sie an der Kleidung befestigen mußten. Kein Gepäck, keinen Proviant, nichts zum Waschen, zum Schlafen den kalten Steinboden ohne

Decken, zum Essen sieben Brote Tagesration auf fünfzig Personen, später Wassersuppe. Alles war verboten, Bücher, Karten, Schreibpapier, Bleistifte untersagt, die Personalien ausgelöscht. Alles stand unter Strafe. Wer beim Gemüserüsten mit einem Bissen im Mund oder einem Stück Rübe in der Tasche erwischt wurde, fand sich inmitten des Hofes hinter Stacheldraht ausgestellt. Zitternd vor Kälte stehen sie da, hinsetzen ist verboten. Gestern waren sie noch Advokaten, Ärzte, Fabrikanten, Geschäftsinhaber, Forscher, Künstler, Intellektuelle oder Flickschneider, Pelzemacher, Arbeiter gewesen, jetzt sind sie weniger als Vieh, würde- und namenlose Lebendware. Sie sind aus der Menschheit verstoßen. Man wird sie in die fernen Todesfabriken deportieren, ins Gas schicken, zu Seife verarbeiten. Sie wissen es nur noch nicht.

In Drancy verharrt jeder noch in seiner gekappten Lebensgeschichte, wenigstens innerlich; die Reichen in ihren Positionen und noblen Gewohnheiten, die Armen in ihrem grauen Überlebenskampf, alle in ihren Erinnerungen, in einem

Geflecht von Zugehörigkeit, das sie einem Herkommen, einer Vita, einer Rangstufe und damit der Gesellschaft und Menschenwelt verbindet. Das wird ihnen ausgetrieben. Stundenlang stehen sie unbeweglich unter Appell, sie werden in Dunkelhaft gesteckt, durch ein Labyrinth verordneter Strafen gehetzt. Strafen um des Strafens willen. Schläge. Folter. Weil sie den Stern tragen und zur Ausrottung bestimmt sind. Dabei haben sie mit Ausnahme des Sterns wenig Gemeinsames. Viele sind einfach Franzosen, ihrer Abstammung kaum mehr bewußt, einige ehemalige Kriegsteilnehmer, mit Verdienstmedaillen dekoriert, wenige sind gläubige Juden. Sie haben die von Vichy erlassenen Judengesetze ungläubig zur Kenntnis genommen, die Berufsverbote, Enteignungen zur Tilgung jüdischer Einflußnahme auf die Nationalwirtschaft. Ungläubig zur Kenntnis genommen, daß Juden kein Telephon, nicht einmal ein Fahrrad besitzen, nicht umziehen, abends nicht ausgehen, mit so gut wie niemandem verkehren dürfen. Sie sind aus Ämtern, Stellungen, Besitzungen ver-

den, da, lauf schnell zum Tabakladen, da, hol schnell die Zeitung. Es kam auch vor, daß einen ein Wildfremder am Ohr zog, wenn man sich draußen schlecht aufführte. Heute ist so etwas undenkbar. Jedermann ist auf der Hut. Man will nichts gesehen und gehört haben. Auch Kindern geht man aus dem Wege, nur keine Einmischung.

Ich las in der Zeitung: Von zwei Heranwachsenden, Schülern, die zusammen einen sechzehnjährigen Schulkameraden, einen angeblich hübschen Jungen mit arabischem Namen, mit dem einer der beiden eine kleine Differenz wegen eines Mopeds hatte, mit vierzig Messerstichen abgeschlachtet haben. Die Killer waren unbescholtene, keineswegs verwahrloste Jugendliche; der Junge sechzehn, Sohn eines Reinigungsunternehmers, das Mädchen achtzehn, Tochter eines Schreiners. Sie war die Initiantin, eine Schülerin ohne Probleme, die zu Hause, wo der Vater an einem privaten Indianermuseum bastelte, Gedichte eher finsterer Geistesverfassung schrieb. Sie scheint vom Tod und mit der

Zeit vom Todbringen zunehmend fasziniert gewesen zu sein. Ihren Komplizen hat sie nach reiflicher Überlegung richtiggehend rekrutiert, sagt die Zeitung, wie sie auch das Opfer ausgewählt und das Ganze als Filmszenario geplant hat. Sie nahm Kontakt auf mit dem anderen Schüler, gab sich interessiert bis verliebt; sie verabredete sich mit ihm in der vorübergehend leeren elterlichen Wohnung, verführte ihn, und als die beiden nackt aufeinander im Bett lagen, trat nach einstudiertem Plan der Rivale ein und begann mit dem Messer auf den Wehrlosen einzustechen. Es ging den Mördern keineswegs um etwas Persönliches, es ging um eine Überzeugung, vor allem um deren Umsetzung in eine *Tat.* Es gab danach eine filmreife Flucht in einem geliehenen Wagen, eine Verfolgungsjagd, es gab einen Schußwechsel mit der Polizei, weitere Tote; auch der Mordbube kam auf der Flucht ums Leben. Man hat später im Zimmer des Mädchens eine Videokassette mit Oliver Stones Film *Natural Born Killers* gefunden, für sie ein Kultobjekt. Sie hat sehr lange bei den Verhören geschwiegen und fand auch später keine befriedigende Erklärung.

Ich laufe herum, ich schaue mich um, ich sehe mir die Leute an. Jedenfalls fühle ich mich in meinem Revier nicht mehr heimisch. Ich frage mich: Soll ich das Viertel verlassen? Seit der Kerl mit der Mähne hinter mir her ist, ist meine Ruhe dahin. Ruhe? Ich könnte auch sagen Unschuld. Ich meide die alten Standplätze, ich unternehme Ausbruchsversuche. Neulich bin ich spät noch in die Gegend der Place Saint-Michel Zigaretten holen gegangen, in meiner Ecke schließen die Tabakwarenhändler früh. Ich mag die untere Saint-Michel-Gegend nicht, zu viele Tramper, zu viel verwahrlostes Jungvolk, zu viel Umtrieb. Ich hielt mich eine Weile vor dem Café Saint-Séverin nah an der Bushaltestelle auf, und dabei muß mir der Mann, der auf der Bank des verglasten Unterstands saß, ohne daß ich darüber nachgedacht hätte, bereits aufgefallen sein. Es war Witterung, und die Witterung meldete Gefahr. Ein Mann, der auffällig heimlichtuerisch ein in Zeitungen eingeschlagenes Paket auspackte, beäugte und wieder verhüllte. Es handelte sich um ein gerahmtes Bild, nach dem Rahmen zu schließen ein altmeisterliches. Raubgut? fragte ich mich. Oder: ein Exhibitionist? Was will er nur demonstrieren mit dem wiederholten Aus- und Einpacken? Exhibitionisten beunruhigen mich, ich mag nicht in ihr Spiel einbezogen werden. Ich lief ein Stück weiter. Auch der Mann erhob sich, ein Kerl mittleren Alters in Tennisschuhen, bullig, kein Herumtreiber, ein widerlicher Bürger, schmierig, warum schmierig? Vorsicht, meldete die Witterung. Er tauchte in der Menge unter, tauchte wieder auf, in immer kürzeren Abständen, es waren Auftritte und Abgänge. Und auf einmal höre ich ihn neben mir murmeln, von seiner robusten Körperlichkeit herab ins Blaue hinein sagen: »Es geht zu weit. Was bilden die sich eigentlich ein? Laufen herum mit der Zigarette im Schnabel, einfach so, die Fotzen. Man muß es ihnen zeigen, reinhauen muß man ihnen, rein in den Bauch. Ich werd's ihnen zeigen. Keine Angst, ich werde mich darum kümmern. Reinhauen. Höchste Zeit. Die Männer sind allesamt Schlappschwänze. Das Mamachen … das Tantchen … das Schwesterchen … Warum nicht: die Muttergottes … die Königin? Es war übrigens Maria von Medici, die den Tabak in Frankreich eingeführt hat …«, waren die letzten Worte, die ich aufschnappte, bevor ich mich verdrücken konnte. Und dabei ging mir durch den Kopf: Ein Killer, ein potentieller Killer, wenn er's nicht schon getan hat. Ein Vollstrecker. Was haben sie ihm bloß angetan? Ein Impotenter? Sein Körper schien weniger aus Knochen denn aus Gummi zu bestehen, abscheulich.

Ich war nie ein Frauenhasser, auch im verstecktesten Inneren nicht. Ich fühlte mich immer abgestoßen von männerbündischen Zusammenrottungen oder auch nur dahingehenden Neigungen, die mir nach fiesem Puritanertum stinken und mit Kraftprotzerei einhergehen, vor allem mit uneingestandener Frauenfurcht. Ich stand fassungslos vor diesbezüglicher Angeberei, schon in der Schule oder in der Armee, wenn die sauberen Burschen nach dem Ausgang damit prahlten, wie sie sich mit Versprechungen an Mädchen herangepirscht, sie sich dienstbar gemacht, gevögelt, vergewaltigt und hinterher geprellt, verhöhnt und zum Teufel gejagt hätten; Aufschneidereien, die mit Gebrüll akklamiert wurden. Es schien mir nur verwunderlich, daß sie die Frauen nach dem Akt nicht gleich umgebracht haben.

Weiberhaß und Frauenfurcht haben mit der Gebärerin zu tun, ich bin sicher, mit den schleimigen blutigen Vorgängen des Zur-Welt-Kommens, mit dem Bauch. Mit der Urgewalt des weiblichen Bauches, der uns unter Wehgeschrei blutend das Leben gibt, mit solcher Verunreinigung. Und der eigene Trieb, der uns nach den Schönen hinterherzulaufen und zum Männchenmachen anhält und vom Weg abbringt, soll hinterher, wenn die Lust gestillt ist, ungeschehen gemacht werden, indem wir die künftigen Gebärerinnen als unrein erklären und zur eigenen Reinerhaltung erniedrigen. Die Frau ist und bleibt – nicht für jedermann, doch für viele, ich bin sicher – die läufige Hündin. Sie soll von Zeit zu Zeit gebraucht und mißbraucht werden, sie soll einem zu Gebote stehen und sonst hinterm Herd oder sonstwo verschwinden. Sie soll insbesondere nicht selbstbewußt und schon gar nicht mit der Zigarette im schön bemalten Munde herumlaufen. Nicht auftreten wollen, kuschen soll sie, die Schlampe. Sonst muß man ihr eine reinhauen, direkt in den Bauch. In den Leihbauch.

Ich frage mich, was der Kerl mit der Mähne über Frauen denkt. Ich frage mich bei allen möglichen Gelegenheiten, es ist ein Automatismus, vor allem ein Ärgernis, nicht nur, was er mit mir in seinem Text anstellen könnte, sondern was er von dem oder jenem hält. Was er von mir hält? Wie er mich einstuft? Ob ich für ihn ein Unberührbarer unter anderen, einfach ein Unbehauster, ein Gefallener, ein aus den Maschen der Gesellschaft Herausgefallener, ein verkommenes Subjekt, ein Sozialfall bin. Oder ob er sich die Frage stellt, wer ich vorher gewesen sein könnte. Vor dem Sündenfall. Könnte sein, daß er mich heroisiert. Lächerlich. Ich könnte in seinen Augen auch ein Verweigerer, Gehorsamsverweigerer sein, einer der sich aus freien Stücken abgemeldet hat, ein Lebensdeserteur, Entlaufener, entlaufener Hund. Oder ein demobilisierter Soldat, der die Freiheit gewählt hat und sich herumdrückt, bis ihm etwas Besseres einfällt. Einer, der Posten steht, zu was nütze? Ein Posten. Oder ich gehöre einfach zum Straßenmobiliar. Ob er mich vermißt, wenn ich längere Zeit wegbleibe. Er kann ja nicht wissen, daß ich auf den Hund warte.

Als ich noch mit dem Hund zusammen war, machte ich mir über meine Schritte und Beweggründe keine Gedanken. Ich hatte ihn auszuführen, und der Hund sorgte von sich aus für Überraschungen, Zeitvertreib. Er hatte es mit den Eichhörnchen; ich glaube, es waren die Eichhörnchen, die ihm am meisten zu schaffen machten. Kaum hatte er eines entdeckt, stürzte er los, und es begann die Verfolgungsjagd. Natürlich entkamen die behenden Tierchen, sie flogen nur so den Stamm empor aus seiner

gen, zurück*fliegen* und eilte hin, um nachzusehen, was los war. Es roch scharf nach Raubtieren, und wirklich befand ich mich wenig später vor einer Vergitterung, hinter welcher im Dunkel zwei Löwen auszumachen waren, ich erfuhr später, daß sich der Tankwart als Attraktion diese Raubtiere hielt. Der Hund hatte nie zuvor Löwen gesehen, doch die Witterung traf ihn mit einer Urangst mitten ins Mark, er winselte sogar noch an der Leine. Lag er träumend, kamen seine Erlebnisse wieder. Ich sah ihn mit den Pfoten wackeln, wohl rennend im Traume, ich hörte aus seinem Schnaufen Angstgestöhn, Unmut, Zufriedenheit, Seligkeit. Mit Ausnahme der Enten und Schwäne war ihm anderes Federvieh völlig einerlei. Als ich noch mit dem Hund zusammen war, hatte ich mich über Mangel an Aufregung beileibe nicht zu beklagen. Hätten wir uns nur nie getrennt.

Seit mir der Schriftsteller auf der Spur ist, weiß ich nicht mehr ein noch aus. In dem Zeitungsartikel, in dem ich sein Bild fand, wurde er als genuiner Geschichtenerfinder gerühmt. Geschichten. Daß ich nicht lache. Das Leben ist nicht in eine Geschichte zu packen. Geschichten sind Anschläge auf das Leben. Nur keine Geschichte, nur keine Vita, nur kein Erkennungsbild. Nur Verbrecher haben einen Steckbrief, und der ist ihnen angedichtet. Nur nicht öffentlich werden. Ich will im dunkeln bleiben. Ich wollte immer im dunkeln bleiben, sogar in der Ehe. Fragte mich meine Frau, wie ich den Tag verbracht habe, sagte ich: »Wie soll ich das wissen? Weiß ich es? Ich weiß nur, daß ich mich mit den verfluchten Akten herumschlug, mit Vorgängen, die mich im Grunde nichts angehen und die mir überdies den Tag wegstahlen. Ich weiß nicht einmal, wie heute das Wetter war, ich war ja aus allem ausgesperrt.« »Der und jener hat angerufen«, sagte ich, »doch ist es müßig, darüber auch nur ein Wort zu verlieren, du kennst ja den Anrufer nicht. Gib mir die Zeitung«, sagte ich und ging hinter der Zeitung in Deckung. Es war selten, daß wir ungezwungen ins Plaudern kamen, und mit der Zeit wurde es immer seltener. Nur im Bett fanden wir zwi-

schendurch zueinander. War es der Fall, hätte ich vor Rührung weinen mögen. »Warum weinst du? Haben wir es nicht gut, war es nicht gut eben jetzt?« Ich fand keine Antwort.
Ich hatte immer das Gefühl, daß das Leben unerreichbar neben mir einherlief oder daß ich neben dem Leben auf Seitenwegen dahintrottete. Ich ging neben meiner Frau und dachte, ich könnte ebensogut auf dem anderen Trottoir allein gehen, so fremd war sie mir. Und erst, wenn sie auf die Möglichkeiten einer Beförderung, eines beruflichen Aufstiegs zu sprechen kam. Ich bin so schon ein Gefangener, soll ich außerdem noch Gefangenenwärter werden? Ich hatte keinen beruflichen Ehrgeiz. Eher hätte ich darauf gehofft, absteigen zu können, um noch sicherer im dunkeln zu bleiben. Ich klassierte den Aktenberg, versah die Blätter mit Notizen zwecks späterer Erledigung, und dabei ließ ich mich in Gedanken abtreiben. Fuhren wir im Wagen, so stockte alsbald die Unterhaltung, nein, der Stoff ging uns aus. Ich gab vor, mich aufs Fahren zu konzentrieren, und dabei verfiel auch meine

Frau in ein mürrisches Schweigen. Oder sie meinte: »Du bist wohl in Gedanken und möchtest dich nicht unterhalten.« »In Gedanken? Keineswegs in Gedanken«, sagte ich. »Ich brüte nur so vor mich hin. Laß mich brüten.« Ich war ja gar nicht einsilbig, nicht ungesellig, vom Wesen her. Ich hätte lachen und weinen, tanzen, explodieren mögen, wenn es nur einen Anlaß dazu, wenn es nur etwas gegeben hätte, das zu teilen sich lohnte. Manchmal träumte ich vom Krieg und von Mutproben. Von Zerreißproben. Alarm, Alarmbereitschaft. Vom Ausbrechen. Oder vom Hungern. Hungern bis zur Unsichtbarkeit. Weghungern. Verschwinden. Ich bin ja danach auch binnen kurzem verschwunden.

Bevor der Schriftsteller auftauchte, war mir in meinem Dunkel ausgesprochen wohl. In meiner Dunkelexistenz. Scheinexistenz? War denn das vorherige, das Ehe- und Berufsleben, nicht viel mehr noch eine Scheinexistenz? Wo aber wäre die echte, die richtige Existenz, wenn es denn so etwas geben sollte? Man müßte wissen, als wer man gemeint ist. Das aber setzte eine sinnvolle

macht, er steckte die Hand in die Tasche, um den Apparat zu zücken. Ich wagte nicht davonzulaufen, aus Angst, der Hund würde mich packen. Ich war an den Hund gefesselt, ich schrie. Schreiend wachte ich aus meinem Traum auf.
Ich habe den Schriftsteller satt. Ich habe das Herumstehen satt. Ich habe den Wartezustand satt. Ich habe den Hund satt. Ich habe die Zeitungen satt. Wie ich die Liebe schon seit sehr langem satt habe. Herr (oder Hund), laß es zu Ende gehen, möchte man schreien. Oder wäre es möglich, daß man endlich anderswo (anderswie) Fuß faßte? Ich hörte von Lagerhäftlingen, die überlebten und sich draußen umbrachten. Aus der Hölle Gerettete, die sich in der Sicherheit umbringen. Das Lager oder das Gefängnis steckt in einem drin wie das Weglaufen, so wie die Freiheit oder doch der unstillbare Durst danach in dem Ausbrecherkönig drinsteckt, und wäre er auch in der tiefsten Versenkung, in Isolationshaft, angekettet und eingemauert. Es heißt, wer im Knast war, kriegt den Knastgeruch auch draußen lange nicht aus der Nase. Knastbrüder riechen einander. Ich

war nie im Knast und bin dennoch immer davongelaufen. Wovor? Bin ich zu wählerisch? Warum hat mir die Freiheit – ich denke auch heute: Ich stecke bis zum Hals in Freiheit – nie wirklich geschmeckt? Ich bin ein Streuner. Was hieß, was heißt mich herumlaufen? Ich denke, ich hoffte nur eines: eine Ansicht des Lebens zu gewinnen. Wenn ich mich genügend umsähe, wenn ich mich genügend rieb und schliff am Alltag der vielen, am großen undurchsichtigen Betrieb, würde mir eine Ansicht des Lebens wie eine Sternschnuppe zufallen, dachte ich. Wäre ich erlöst, wenn dem so wäre? Seßhaft? Hätte ich eine Geschichte, ich wüßte vielleicht, wo ich stehe. Alles ist Einbildung. Solange er den Funken zum Entfachen des Freiheitstraums hat, ist die Zelle für den Ausbrecherkönig kein Ort definitiver Gefangenschaft. Herr (oder Hund), gib mir genügend Einbildung zum Weitergehen. Ich brauche Tapetenwechsel. Ich habe die Stadt satt. Vor allem will ich keinen Schriftsteller, der mich denkt, an meinen Fersen haben. Adieu. Ich bin nicht fürs Denken, ich bin fürs Laufen gemacht.

Ich machte mich an den »Künstler«, von dem ich nun weiß, daß er Schriftsteller ist, heran und sagte: »Entschuldigen Sie, wenn ich Sie anspreche. Ich will Sie nicht anbetteln, ich bettle nicht, ich möchte Sie lediglich etwas fragen. Ich habe in der Zeitung Ihr Bild gesehen und erfahren, daß Sie Schriftsteller sind. Und da wir uns so oft begegnen und ich den Eindruck gewann, Sie interessierten sich für mich, studierten mich, dachte ich, Sie hätten möglicherweise vor, über mich zu schreiben. Sie haben doch nicht über mich geschrieben?« »Ich gebe zu«, antwortete der Schriftsteller ohne das geringste Zögern, »daß Sie mir auffielen und daß Sie mich beunruhigen. Ich sehe Sie herumstehen oder vorübermarschieren, Sie leben, denke ich, auf der Straße, und dennoch strahlen Sie überhaupt nichts Erbarmungswürdiges aus. Sie rauchen, Sie lächeln vor sich hin, Sie scheinen in Gedanken. Sie trinken auch nicht, jedenfalls habe ich Sie, mit Verlaub, noch nie mit einer Flasche gesehen; Sie sprechen mit keinem, und dennoch scheinen Sie nicht unglücklich zu sein. Das kann einen schon irritieren, besonders einen wie mich, der an seiner Schreibarbeit, wie andere an der Flasche, hängt und sich dennoch nur zu oft geknechtet, wenn nicht ganz und gar überflüssig vorkommt, besonders dann, wenn die Arbeit stockt. Man möchte schreiben und kann nicht, man möchte leben und sieht sich verhindert, man ist ja in Gedanken an die stagnierende Arbeit gekettet. Sie sind für mich ein lebender Vorwurf. Könnte ich frei sein wie er, dachte ich mitunter. Nein, über Sie zu schreiben, hätte ich mich nie erdreistet, Sie können mir glauben.« Dabei lächelte er. Mir schien, er lächle. Lächelte er? »Ich bin froh, das zu hören. Sie müssen wissen, daß mich der Verdacht, Sie spürten mir nach, in wahre Panik versetzt hat. Ich war drauf und dran, meine Streunerfreiheit und die dazugehörige Gedankenlosigkeit, besser wäre wohl: Gedankenverantwortungslosigkeit, was nicht das gleiche ist, denn ohne Denken lebt ja keiner, nicht einmal im Schlafe, zu verlieren. Ja, ich lasse mich treiben, wie ich mich auch sonst herumtreibe. Ich lebe, wie es kommt oder geht, bis es nicht mehr weitergeht. Es ist übrigens das erste Mal seit undenklicher Zeit, daß ich ein Gespräch führe. Da wir nun einmal dabei sind, könnten wir es ja bei einem Glas fortführen.« Wir gingen ins *Rubis*, eine Weinbar, stellten uns an die Theke, und als ich mich so an der Theke stehen und im Glas hinter der Theke gespiegelt sah, ich mit meinem verwitterten Gesicht und verkommenen Aussehen, und ihn, den »Künstler« mit der unterm Hut hervorquellenden Mähne und alsbald mit der durch die Zigarettenspitze verlängerten Zigarette, ein sehr ungleiches Paar, wenn wir auch die gleiche Statur haben, das ist aber auch alles, was wir gemein haben, beschlich mich Scham und große Verlegenheit. Waren wir das, oder bildete ich mir alles nur ein? Wir tranken Rotwein, und der Wein stieg mir gleich zu Kopfe, ich bin ja nicht mehr daran gewöhnt. Ich verfiel in Schweigen und das für mich übliche Sinnen, vergaß den Nachbarn, übersah, überhörte sein Entschwinden, ich war ja in Gedanken woanders. Ich brach auf, einen Moment lang war mir, ich sollte nach Hause.

Nach Hause, Fritz? Ich trat hinaus. Die Straßen hatten sich belebt, die Leute hasteten zu den Imbißbuden und Cafébars. Ich stellte mich an meine alte Ecke. Schaute in die Luft. Ich stehe da wie einer, der Schmiere steht? Ich stehe da. Es ist Mittag.

Bin ich das, oder träume ich? Bin ich das Kind, das noch ein bißchen herumsteht, bevor es sich entschließt, die Haustüre aufzustoßen und zu den vertrauten familiären Gerüchen heimzukehren, heim ins Haus, wo die Erwachsenen warten, um das Kind stückweise zu verschlingen und zu vertilgen? Träume ich? Und jetzt ist Handharmonikamusik in der Luft, ich höre das Keuchen des Blasebalgs und die betörenden Kehren, sehnsüchtig machend wie Jahrmarktmusik. Diese Töne kenne ich, nur zu gut. Sie sind mir gewissermaßen aus vorgeburtlicher Zeit im Ohr. Akkordeon? In welcher Zeit lebe ich eigentlich? Und jetzt mischen sich die Sirenen eines Unfall- oder Überfallwagens in das Orgelgeschluchze. Schon besser. Und wenn ich aufmerke, kann ich die Stadt schnaufen dröhnen branden hören. Ich stecke mir eine Zigarette an. Es ist alles schön verschwommen vor meinen Augen. Muß der Wein sein. Ich werde mich in den Park verdrücken und ein wenig dösen. Den Schriftsteller hätte ich hinter mir. Was kümmern mich seine Absichten, seine Sorgen. Soll ich mir eine Flasche kaufen und fortan an der Flasche hängen wie die andern? Ich brauche keinen Alkohol. Ich habe das Dahindämmern satt. Nur nicht im Schnee verenden. Warum Schnee? Wie der Hund den Schnee liebte. Wie er herumtollte, die Schnauze in die Schneedecke wühlte, Schnee fraß und ausspuckte, wie er sich im Schnee wälzte und wie besoffen herumrannte, bis die Augen wie irr glühten.

Muß mich aufmachen. Wüßte ich nur wohin. Einerlei wohin. Ich bin ein Vagant. Bin ich aus Überheblichkeit ein Vagant geworden? Aus Menschen-, aus Lebensverachtung. Ich will mir eine Bank im Park suchen. Den Hund hätte ich hinter mir. Ich kann ohne Hund auskommen. Er lag unterm Tisch und wartete auf ein Zeichen des Herrn, daß endlich etwas geschähe. Warte,

warte hier, hatte ich gesagt. Und er hat auf mich gewartet. Und ich habe mich auf leisen Pfoten davongestohlen. Wie ich mich aus allem andern davongemacht habe. Wenn nur das Akkordeon endlich verstummte. Es ist das Repetitive. Es gab eine Zeit, da ich im Kopf immer Glocken hörte oder besser ein Klingeln und es tagelang nicht los wurde, bis ich zum Arzt lief. Welch eine Erlösung, als der Kopf wieder frei atmen konnte. Und wie danach das Leben vor mir lag, verlockend. Ich fühlte mich gleich wieder zu allen Schandtaten bereit. Schandtaten? Ich habe die Freiheit satt. Ich will mich auf den Weg machen. Ich brauche Tapetenwechsel. Lauf, Hund!

Paris, 1997-1998

Von Paul Nizon
erschienen im Suhrkamp Verlag

Canto. Roman. 1963
Auch: *suhrkamp taschenbuch 319.* 1976
Bibliothek Suhrkamp 1116. 1993

Im Hause enden die Geschichten. 1971
Auch in: *suhrkamp taschenbuch 431.* 1978

Untertauchen. Protokoll einer Reise. Erzählung. 1972
Auch in: *suhrkamp taschenbuch 431.* 1978

Stolz. Roman. 1975
Auch: *Bibliothek Suhrkamp 617.* 1978

Das Jahr der Liebe. Roman. 1981
Auch: *Bibliothek Suhrkamp 845.* 1984

Aber wo ist das Leben. Ein Lesebuch. 1983
Auch: *suhrkamp taschenbuch 2600.* 1996

Am Schreiben gehen. Frankfurter Vorlesungen
edition suhrkamp 1328. 1985

Im Bauch des Wals. Caprichos. 1989
Auch: *suhrkamp taschenbuch 1900.* 1991
suhrkamp taschenbuch 2620. 1996

Die gleitenden Plätze. 1990

Diskurs in der Enge. Verweigerers Steckbrief.
Schweizer Passagen. 1990

Über den Tag und durch die Jahre.
Essays, Nachrichten, Depeschen. 1991

Das Auge des Kuriers. 1994

Die Innenseite des Mantels. Journal. 1995

Paul Nizon
Herausgegeben von Martin Kilchmann
stm. suhrkamp taschenbuch 2058. 1985